KB074329

일단 살아 봐,
인생은 내 것이니까

일러두기

본문에 등장하는 일부 표현은 어르신이 의도한 느낌을 잘 전달하기 위해
한글맞춤법을 따르지 않고 입말을 그대로 살렸습니다.

일단 살아 봐, 인생은 내 것이니까

11명의 신이어들

풍파 마스터 어르신들의
삐뚤빼뚤 고민 상담

메르북스

✦ 상담을 시작하기 전에 ✦

신이어 상담소
//////////////////////

다른 세대를 향한 시선을 가장 쉽게 마주할 수 있는 공간은 지하철 안입니다. 잠깐이라도 앉기 위해 눈빛 레이더를 가동하고 빈자리를 선점하는 욕심쟁이, 고집불통으로 노인을 인식하는 청년. 지난밤 TV에서 본 노인 대상 묻지마 폭행이 자신에게 가해지지 않을까, 주변의 청년을 두려운 시선으로 바라보는 노인.

서로를 향한 불신과 두려움은 꽤나 견고해 보입니다. 살아온 시대가 다르기 때문에 서로를 이해하는 데 어려움을 느끼는 것은 당연한 일일지도 모르지만, 우리는 알고 있습니다. 청년 세대와 노인 세대가 이렇게 거리를 둘 만큼 말이 통하지 않는 존재가 아니라는 사실을, 서로에게 결코 부정적인 존재가 아니라는 사실을요.

청년 세대와 노인 세대 사이 단절의 벽을 조금이나마 허물기 위해 신이어 상담소가 시작되었습니다. 온/오프라인으로 상담소의 문을 열자 소통을 바라온 청년들이 모여들었습니다. 고민 많은 청년들의 물음은 경험 많은 시니어의 대답으로 연결되었습니다.

살아온 시대는 다르지만 사람 사는 것은 크게 다르지 않다는 것을, 할머니와 할아버지도 모든 것을 다 알지는 못한다는 사실을, 시니어들의 삶에도 재치와 재미가 있음을 신이어 상담소가 세대 간 교류의 장이 되어 보여 줍니다.

신이어마켙
///////////////

'시니어'라는 단어가 낯선 어르신의 표현을 그대로 담은 '신이어'
어르신들의 기억 속에 만물상으로 자리 잡고 있는 슈퍼마켙의 '마켙'

청년 세대와 노인 세대를 이어 주는 플랫폼입니다. 2030 청년 세대가 제품을
기획하고 7080 어르신 세대가 제품을 만들고 포장합니다.

지난한 시간을 살아온 어르신들이 품고 있는 세월의 지혜를 젊은 날에게 전하
기 위해 메시지를 작성하고 그림을 그립니다. '모든 것이 삐뚤빼뚤해도, 실수가
많아도 괜찮다. 그 자체가 매력이자 차별화 포인트, 작품이다.'라는 마음으로
일합니다.

▲ 신이어 키링

▲ 그림을 그리는 신이어

인스타그램 @new.year_market

© KBS 뉴미디어 채널 크랩(KLAB)

빈곤 노인, 폐지 수거 노인과 함께 새로운 일을 시작하는 사회적 기업입니다. 소셜 브랜드 '신이어마켈'을 운영할 뿐만 아니라 다양한 파트너와 함께 어르신들의 손길이 담긴 디자인 창작물을 제작합니다. 노인 세대 일자리를 만들며 노인 빈곤 문제 해결에 앞장서고 있습니다.

20대 청년부터 70대 시니어까지 한 공간에서 일하고, 구성원 전체를 '식구'라고 표현합니다. 함께 일하는 70대 시니어 구성원이 매일 아침 챙겨 오는 떡과 믹스 커피로 오전 업무를 시작하고, 간식으로 (역시나 시니어 구성원이 챙겨 온) 누룽지 튀김을 먹습니다.

인스타그램 @arip_werip_

2021년 5월 소셜 브랜드 '신이어마켓'을 론칭했습니다. 청년 세대와 노인 세대 사이 벽을 허물기 위해서는 기존의 방식보다 좀 더 재치 있고 유쾌하며 친밀한 포인트가 있어야 했고, 이것이 '신이어마켓'의 론칭으로 이어졌습니다.

코로나19가 성행하던 때 신이어 상담소의 문을 열었습니다. 대면 작업이 어려운 상황이었기에 신이어마켓의 SNS 계정을 통해 청년들의 고민을 수집했습니다. 아무런 사전 정보 없이 오직 '어르신들이 여러분의 고민을 상담해 드립니다.'라는 문구뿐이었는데도 하루 사이 50명에 가까운 청년들이 고민을 털어놓았습니다.

두 번째 신이어 상담소는 2021년 10월에 진행된 '신이어마켓 팝업 스토어'에서 문을 열었습니다. 3일 동안 진행된 팝업 스토어의 방문자는 1,000여 명, 신이어 상담소에 고민을 보내 온 청년은 200여 명이었습니다. 이 책의 대부분은 그때의 상담 내용을 담고 있습니다.

고민과 질문은 크게 일곱 가지 주제(**가족, 건강, 사랑, 진로, 돈, 일, 삶**)로 나누어졌습니다. 일곱 가지 주제 모두 누구나 일생에 한 번쯤 깊게 고민하고 생각하는 것이었습니다. 책에 수록된 청년들의 고민은 어르신들의 직설적이면서 솔직한,

날것 그대로의 조언으로 이어집니다. 매울 수도, 새로울 수도, 나아갈 방향일 수도 있는 어르신들의 처방이 이 책을 펼친 독자 여러분께 위로와 응원으로 가닿기를 바랍니다.

이 책을 엮을 수 있도록 신이어 상담소 활동에 매주 참여해 주신 강옥자, 고관순, 권오진, 김말엽, 김명심, 김화자, 박도자, 양승완, 채윤주, 함복순, 홍춘지 어르신께 감사한 마음을 전합니다. 고민과 질문으로 참여해 주신 신이어마켓의 팬 여러분께도 진심으로 감사합니다.

신이어 상담소의 시작을 도운 이전의 식구들, 그 배턴을 이어받아 더 나은 신이어 상담소를 만들고 있는 지금의 식구들 모두에게 감사를 드립니다. 그리고 신이어마켓과 어르신들이 만날 수 있도록 도움을 주신 지역 사회와 성내 종합 사회 복지관, 강동 종합 사회 복지관에도 감사를 표합니다.

청년과 노인, 각자 삶의 페이지는 다를지라도 똑같은 오늘을 살아갑니다.
We live the same time, We live the same day!

아립앤위립/신이어마켓 파운더
심현보

차례

상담을 시작하기 전에 ——— 4
프롤로그 ——— 8
Senior? 신이어! ——— 14

첫 번째 고민 상담 ——— (가족)
"시간 있을 때 더 잘해 주고"   28

두 번째 고민 상담 ——— (건강)
"무슨 병인지는 모르지만 도전해야 병을 고치니까"   44

세 번째 고민 상담 ——— (사랑)
"몰라, 나도. 연애 박사가 아니니까"   62

네 번째 고민 상담 ——— (진로)
"희망을 가지고 네가 잘하는 거 찬찬히 살펴봐라"   80

다섯 번째 고민 상담 ——— (돈)
"씀씀이가 헤프면 배가 고파 봐야 안다"   106

여섯 번째 고민 상담 ——— (일)
"상사는 투명 인간이다, 취급하세요"   128

마지막 고민 상담 ——— (삶)
"멋있게 사는 게 멋있게 사는 거지. 일단 살아 봐"   160

2030 청년들의 고민에 반응한

7080 어르신들을 소개합니다.

Senior? 신이어!

함께한 신이어를 소개합니다.

강옥자 할머니

고관순 할머니

권오진 할아버지

김말엽 할머니

김명심 할머니

김화자 할머니

박도자 할머니

양승완 할아버지

채윤주 할머니

함복순 할머니

홍춘지 할머니

Senior? 신이어!

이름 강옥자   태어난 해 1946년

별명 억척이   태어난 곳 충청북도음성

좋아하는 것   음식 보리밥 칼국수

잘한 일   당연한일이지만손주
2명 착하게 잘키운것

소중한 추억   초등학교 때 선생님한테
자기자식 같이 챙겨주
셔서 그것이 안 잇어집
니다

젊은 시절 직업   보리밥집 보신탕집
만두집

청년에게 한마디

지금은 니가 하고자 하고무엇
이든 집중하고 노력하면다
해 닐수 있을거예요 힘내서
해보세요 잘될거예요

이름 고 관 순 태어난 해 1938 년

별명 착 실 과 장 태어난곳 전북 정읍

소중한 추억 개구쟁이 였 던 어린시절

청년에게 한마디

항시 마음 돌게 먹고
잘 살 아 라

이름 권 오 진   태어난 해 1941 년

별명 까불이   태어난 곳 경기도 양평

좋아하는 것   육상

잘한 일   양평 군체육 대회 참가 탄원

추억   육이오 전쟁 때 피난 다닌것

청년에게 한마디

젊어서 고생 하는 것은 중년에
재산 으로 돌아 온 다
너무 걱정 하지 말고 행복한 길만 가세요

이름   김말엽   태어난 해   1940년

별명   뜰땅이   태어난곳   해남

좋아하는 것   노래 손주들

잘한 일   손주가 학교졸업하고직장간거

소중한 추억   친구들이랑공기놀이한거

젊은 시절 직업   농사

청년에게 한마디

어르신을 보면 인사를 꼭하고가면좋다
손주들아 힘내라 좋은 길로 가라

이름 김명심   태어난 해 1941

별명 나비   태어난 곳 전라남도 목포

좋아하는 것   인형 만들기

잘하는 것   나는 손재주가 좋다

소중한 추억   꽃 밭어서 꽃이랑 야기하던 추억

젊은 시절 직업   미싱사 일을 오래 했습니다

청년에게 한마디

젊음은 황금시대니
세월을 헛되이 보내지 마라

이름 김화자   태어난 해 1945

태어난 곳   전라북도 남원

좋아하는 것   바느질

소중한 추억   친구들이 랑 혐외가지고
산에 놀러간 것

젊은 시절 직업   대우중공업 식당일

청년에게 한마디

공부가 인생의 전부가
아니다 함내라
힘
힘

이름 박도자　태어난 해 **1934**

태어난 곳　**충남 공주**

좋아하는 것　**복숭아**

잘하는 것　**드개질**

청년에게 한마디

욕심 버리고 모듣거 잘 참고 이해먼서 살면 좋케서

이름 양 승 완   태어난 해 1838

별명 빨 빨 이   태어난 곳 강원도 홍천

좋아하는 것   고 스 돕

잘하는 것   등 산 은 잘한다

소중한 추억   친구 들 과 재 맛게 돌았던추억

청년에게 한마디

부모님에 효도하여라

이름 최 윤주   태어난 해 1941년

별명 쌀쌀, 짜랭이,   태어난 곳 경기도 양주

좋아하는 것 상담, 베명, 이해,

잘하는 것 책임, 노력,

소중한 추억 아버지와 추억
(비 올 와서 어떠때 학교에 데려왔음)

젊은 시절 직업 상담 (경제)(가정)(애경사)

청년에게 한마디

태어나. 끝날때. 까지
형. 불 도 먼저나 모든것 실망 말고
노력. 참고. 지내길.

이름 함복순   태어난 해 1934

태어난곳 전라북도 김개

좋아하는 것 노려부르기

잘하는 것 그 ~~XX~~ 네 타기

소중한 추억 형제자메랑 같이 놀았다

젊은 시절 직업 식당 배달

청년에게 한마디

쉬쉬하게 사라라

이름 홍춘지   태어난 해 1945

별명 아나운서   태어난 곳 서울 독면서 영등포

좋아하는 것 친구와 수다 떨기

청년에게 한마디

항상 용기 있고 경손 하게 !

"시간 있을 때 더 잘해 주고"

가족과 멀어졌을 때, 어떻게 다시 회복하고 서로 이해할 수 있을까요?

가족은 제일 친한 존재인데
멀어 젔다고 생각하 면 본인이
먼저 무잇 때문인가를 생각
해 보고 먼저 다가 가는것이
좋을 것 잦은 데요

✛ 신이어 처방

가족은 제일 친한 존재인데 멀어졌다고 생각하면 본인이 먼저 무엇 때문에 멀어졌는지를 생각해 보고 먼저 다가가는 것이 좋을 것 같은데요.

"시간 있을 때 더 잘해 주고"

두 번째 고민

돌아가신 외할머니가 너무 보고 싶어요. 이제 취업해서 돈도 벌고 효도할 수 있는데 안 계셔서 슬퍼요.

나도 할머니지만 돌아가신 할머니는 아쉬웁지만 누구나가 겪는 일이데 너무 걱정말고 살아계신 부모님게 후회안 할려면 잘해주세요 참 착한 사람이네요

❖ 신이어 처방

돌아가신 할머니는 아쉽지만 누구나 겪는 일이니 너무 걱정 말고 살아 계신 부모님께 후회 안 하려면 잘해 주세요. 참 착한 사람이네요.

할머니, 할아버지와 어떤 이야기를 나눠야 좋을까요?

그 냥 옆 에 있 어 주 고
잘 해 주 면 되 는 거 지

✤ **신이어 처방**

그냥 옆에 있어 주고 잘해 주면 되는 거지.

"시간 있을 때 더 잘해 주고"

네 번째 고민

올해 1월, 천국에 놀러 가신 엄마가 너무 보고 싶어요. 꾹꾹 참지는 않는데 참지 않아도 어찌할 수 없을 때 어떻게 해요?

그 마음 이해가 가네요

참지 말고 마음 놓고 슬피

울어 보시고 즐거운 노래를

틀어 들어 보세요

신이어 처방

그 마음 이해가 가네요. 참지 말고 마음 놓고 슬피 울어 보고, 즐거운 노래를 틀어 들어 보세요.

평생 건강하셨던 아버지가 요즘 편찮으셔요. 어떻게 슬픔을 극복해야 할까요?

어쩌냐

참고 견뎌라

옆에서 잘보살 펴드려라

희망을 갖고 힘 내보자

✚ **신이어 처방**

어쩌냐. 참고 견뎌라. 옆에서 잘 보살펴 드려라. 희망을 가지고 힘내 보자.

"시간 있을 때 더 잘해 주고"

남편이랑 어떻게 하면 평생 행복하게 싸우지 않고 살 수 있을까요? 지혜를 주세요.

서로 배려심와 서로 이해하는
마음으로 살면 행복하게
살수 있을 거라고 생각합니다.

❖ 신이어 처방

서로 배려하고 서로 이해하는 마음으로 살면 행복하게 살 수 있을 거라고 생각합니다.

일곱 번째 고민

아기 엄마예요. 하고 싶은 일이 정말 많은데 육아와 일을 동시에 하는 건 거의 불가능에 가깝네요. 아이도 잘 키우고 싶고 제 일도 즐겁게 하고 싶은데, 언제쯤 그럴 수 있을까요?

아직 젊으니까 하고 싶은것도
많고 생각도 많겠지만 사람은
생각대로는 잘안 된다고는
하지만 엄마는 그래도 그런
생각을 하시는 마음이 있으니
잘해낼것 같네요 그래도
아이가우선 이니까 아기를
어느정도 키우시고
고민하시는게 좋을것 같네요
잘할수 있고 잘해 내 실거예요
힘내세요 사랑합니다 ♡

♣ 신이어 처방

아직 젊으니까 하고 싶은 것도 많고 생각도 많겠지만 사람은 생각대로 잘 안 된다고는 하지만 엄마는 그래도 그런 생각을 하는 마음이 있으니 잘 해낼 것 같네요. 그래도 아이가 우선이니까 아기를 어느 정도 키우고 고민하는 게 좋을 것 같네요. 잘할 수 있고 잘 해낼 거예요. 힘내세요. 사랑합니다♡

"시간 있을 때 더 잘해 주고"

결혼과 출산은 저의 성과라고 생각하지 않아요. 박사 과정 중인데, 사람들이 '넌 결혼했잖아, 출산했잖아.'라고 얘기하는 게 너무 스트레스예요. 전 왜 이런 인간일까요?

남의 말의 의식하지 말고
내의 지대로 살아요

내 인생 남이 살아주는거아
니니까 그런 스트 레스는

한 귀로 듣고 한귀로 내보내세요
♡

✦ **신이어 처방**

남의 말 의식하지 말고 내 의지대로 살아요. 내 인생 남이 살아 주는 거 아니니까 그런 스트레스는 한 귀로 듣고 한 귀로 내보내세요♡

❖ 아홉 번째 고민

곧 아기가 태어나는데 걱정이 많아요. 도와주세요!

지금은 나라에서 잘도와
주니까 행복하게
잘 키우길 바래

✣ 신이어 처방

지금은 나라에서 잘 도와주니까 행복하게 잘 키우길 바라.

　　　　　　　"시간 있을 때 더 잘해 주고"

좋은 아빠가 되려면 어떻게 해야 할까요?

아이들과 잘 놀아주고
아이가 무엇을 원하는지
알아야하고 특히 요즘
아이들과 소통이 중요합니다
아이의 마음을 먼저 알아야
아이와 소통이 잘될 것이라
사료됩니다 좋은 아빠가
되길 응원합니다.

❖ 신이어 처방
아이들과 잘 놀아 주고 아이가 무엇을 원하는지 알아야 하고 특히 요즘 아이들과 소통이 중요합니다. 아이의 마음을 먼저 알아야 아이와 소통이 잘될 것이라 사료됩니다. 좋은 아빠가 되길 응원합니다.

아이 키우기 너무 힘들어요. 도와주세요!

아이는 나의 거울입니다
사랑 하는맘. 예쁜맘. 그리고
지금 내 삶보다 낳아야
하잖아요 그러니 예쁘다.
잘한다 칭찬이
나이의 히 힘 엄마의 힘

✦ 신이어 처방

아이는 나의 거울입니다. 사랑하는 마음, 예쁜 마음. 그리고 지금 내 삶보다
나아야 하잖아요. 그러니 '예쁘다, 잘한다' 칭찬이 아이의 힘, 엄마의 힘.

　　　　　　"시간 있을 때 더 잘해 주고"

엄마, 아빠에게 잘 보이고 싶어요.

부모는 아무리 무섭고 어려워도
자식 한테는 지는 편이니까
자주 전화 드리고 대화를 많
이 하고 부모님의 건강 잘 챙
겨 드리면 더 바램은 없을
것 같네요 ♡

✤ 신이어 처방

부모는 아무리 무섭고 어려워도 자식한테는 지는 편이니까 자주 전화 드리고
대화를 많이 하고 부모님의 건강을 잘 챙겨 드리면 더 바람은 없을 것 같네요♡

같이 사는 강아지가 올해 12살이 되었어요. 하루하루 더 예쁘고 귀엽기만 한데 그동안 못 해 준 게 생각나고 죄책감이 들어요. 걱정하지 않고 편하게 지나가는 시간을 받아들일 수 있는 지혜를 갖고 싶어요.

시간이 있을 때

잘해주고 더 키우고

더 귀여워

해주세요

✚ **신이어 처방**

시간 있을 때 잘해 주고 더 귀여워해 주세요.

"시간 있을 때 더 잘해 주고"

Hello!

"무슨 병인지는 모르지만
도전해야 병을 고치니까"

한창 일해야 하는 40대인데 팔이 아파 병원에 갔더니 일을 하면 안 된대요.
어떡하죠?

앞 으 로 살 날 이
많 은 대 뭘
건 강 잘 챙 기 고
노 력 하 면 된 다

❖ 신이어 처방

앞으로 살날이 많은데 뭘. 건강 잘 챙기고 노력하면 된다.

　　　　　"무슨 병인지는 모르지만 도전해야 병을 고치니까"

✦ 두 번째 고민

계속 늦게 잠들어서 다음 날 너무 피곤해요. 일찍 잠드는 비결은 뭘까요?

불면 증에 좋은 차나 음악을
들어 보세요 핸드폰을 많이
하신 다면 줄이 시면
수면 한 답니다

✦ 신이어 처방

불면증에 좋은 차나 음악을 들어 보세요. 핸드폰을 많이 한다면, 줄이면 수면
한답니다.

세 번째 고민

병원에 다시 가기 두렵고 걱정되는데 도전하는 게 맞을까요?

도 전 해 야 지
뭔 병 인 지 모 르 지 만
도 전 해 야 병 을 고 치 니 까

❖ **신이어 처방**

도전해야지. 무슨 병인지는 모르지만 도전해야 병을 고치니까.

"무슨 병인지는 모르지만 도전해야 병을 고치니까"

몸이 힘들어서 마음까지 안 좋을 때 무엇을 하면 좋을까요?

밥 잘 챙겨 먹고
운 동 도 하고
그 래 야 힘 이 나

✦ 신이어 처방
밥 잘 챙겨 먹고, 운동도 하고. 그래야 힘이 나.

감정 조절이 잘 안 되는데 어떻게 해야 할까요?

한번 쯤   정신과 상담을 받아
보세요.
툭 털고   확 질으로 나면
속이 라도 시원 해저요   화이팅

❖ 신이어 처방

한 번쯤 정신과 상담을 받아 보세요. 툭 털고 확 지르고 나면 속이 시원해져
요. 파이팅.

"무슨 병인지는 모르지만 도전해야 병을 고치니까"

여섯 번째 고민

컨디션이 좋아도 자주 체해서 고민이에요. 체했을 때 빨리 낫는 방법이 있을까요?

약 먹어야 빨리 낫지

✚ 신이어 처방

약 먹어야 빨리 낫지.

귀찮고 피곤하다는 핑계로 운동을 소홀히 하고 있어요. 어떻게 하면 운동을
꾸준히 할 수 있을까요?

인내함으로   성공해라

✚ **신이어 처방**

인내함으로 성공해라.

"무슨 병인지는 모르지만 도전해야 병을 고치니까"

✦ 여덟 번째 고민

두통이 있을 때, 약 먹는 것 말고 괜찮아질 수 있는 방법이 있을까요?

두통이 있을 때는 약을 먹기도하지만
약에 의지하지 말고 좋은생각 만하고

앞일을 생각 하면서 칡 좋은 친구들
과 대화를하면서 생각 해보는
것도 좋을것 같네요

❖ 신이어 처방

두통이 있을 때는 약을 먹기도 하지만 약에 의지하지 말고 좋은 생각만 하고
앞일을 생각하면서 좋은 친구들과 대화를 하는 것도 좋을 것 같네요.

아홉 번째 고민

다리에 한 깁스 때문에 운동도 못 하고 걷기도 힘들어서 고민이에요.

그 내도 자주 짓는 연습을 해라

안그럼 안 나서

✤ 신이어 처방

그래도 자주 걷는 연습을 해라. 안 그럼 낫지 않아.

"무슨 병인지는 모르지만 도전해야 병을 고치니까"

물만 마셔도 약을 문 것처럼 입이 써요. 입이 쓸 땐 어떻게 해야 할까요?

입이 쓰면 사탕을 먹어라

입이 쓰면 사탕을 먹어라

❖ 신이어 처방

입이 쓰면 사탕을 먹어라.

독서실에 오래 앉아 있어서 소화가 안 되고 자주 더부룩해요. 일상에서 할 수 있는 운동을 찾고 있는데, 뭐가 있을까요?

30분 이라도 시간을 내어
밖에서 걷기 혹은 공원 기구를
이용하며 운동하는게 좋을거
같아요 그리고 집에서도
걷기 운동 하는게 좋지요

✚ 신이어 처방

30분이라도 시간을 내어 밖에서 걷거나 혹은 공원 기구를 이용해 운동하는 게 좋을 것 같아요. 그리고 집에서도 걷기 운동을 하는 게 좋지요.

"무슨 병인지는 모르지만 도전해야 병을 고치니까"

✦ 열두 번째 고민

아버지께서 매일 술, 담배를 하셔요. 저희 삼 남매가 말려도 듣지 않으시고요.
아버지의 건강이 걱정됩니다.

나도 답이 안 나온다
아버지가 노력하세요
삼남매를 위해서 건강하게
오래 사셔야쇼

✤ 신이어 처방

나도 답이 안 나온다. 아버지가 노력하세요. 삼 남매를 위해서 건강하게 오래
사셔야죠.

평생 약을 먹어야 하는 질환을 가진 여성입니다. 술을 좋아하진 않지만 가끔 마시고 싶고, 친구들이랑 밤새 놀고 싶은데 그럴 수 없어서 고민이에요. 받아 들이는 방법뿐이겠죠?

건강이제일이나 약을 꾸준히 먹고혹스트레스받지나 놀고싶을 때 건강한 취미를 어보는건 어떨까요

❖ 신이어 처방

건강이 제일이니 약을 꾸준히 먹고 혹시 스트레스를 받거나 놀고 싶을 땐 건강한 취미를 만들어 보는 건 어떨까요.

　　　"무슨 병인지는 모르지만 도전해야 병을 고치니까"

✧ 열네 번째 고민

마음에 화가 너무 많아요. 화를 덜 내고 싶어요.

내면에 숨어있는 화를
끄집어내어 내빠르 나를
달려 주세요 세상은 나로 인해
사는 거예요 힘내세요

✤ 신이어 처방

내면에 숨어 있는 화를 끄집어내어 스스로 나를 달래 주세요. 세상은 나로 인해 사는 거예요. 힘내세요.

화가 많아 걱정이에요. 스트레스 때문에 편두통이 생겨 밤에 숙면이 힘들어요. 어쩌죠?

자기가 알아서 화를 가라
앉혀야지
남 한데 스트레스 주면
안 되니까

신이어 처방

자기가 알아서 화를 가라앉혀야지. 남한테 스트레스 주면 안 되니까.

"무슨 병인지는 모르지만 도전해야 병을 고치니까"

밥 잘 챙겨 먹고 운동도하고
그러야 힙이 나지요

"몰라, 나도.
연애 박사가 아니니까"

사랑이 뭔가요? 우정과의 차이를 고민하고 있어요.

같이 사는 게 사랑이지
결혼 해라

✚ **신이어 처방**

같이 사는 게 사랑이지. 결혼해라.

"몰라, 나도. 연애 박사가 아니니까"

결혼하는 용기는 어디서 나는 걸까요?

몰 라 나 도 연 애 박 사 가

아 닌 게

❖ **신이어 처방**

몰라, 나도. 연애 박사가 아니니까.

사랑하는 사람과 행복해지기 위해 장거리 연애를 시작하는데, 앞으로 자주
못 볼 것 같아서 속상해요.

사랑 하나 많으로
잘 극복 할 수 있으리라
믿어요

✤ 신이어 처방

사랑 하나만으로 잘 극복할 수 있으리라 믿어요.

"몰라, 나도. 연애 박사가 아니니까"

남자 친구랑 결혼할 수 있을까요?

평생을 함께 한가정을
반려자엽으로 첫째는 믿음이
중요함으로 남친에 대한
믿음과 신뢰가 있으시다면
결혼하는 것도 좋음

❖ 신이어 처방

평생을 함께할 가정의 반려자이므로 첫째는 믿음이 중요. 남자 친구에 대한 믿음과 신뢰가 있다면 결혼하는 것도 좋음.

결혼을 준비하는 과정에서 사소한 것들로 자꾸 투닥대요. 어떻게 하면 현명
하게 헤쳐 나갈 수 있을까요?

두분의   앞날을
생각하며   지혜롭게
결혼 준비 응원합니다

✤ **신이어 처방**
두 분의 앞날을 생각하며 지혜롭게 결혼 준비 응원합니다.

"몰라, 나도. 연애 박사가 아니니까"

결혼을 앞둔 예비 신부입니다. 평생 행복하게 잘 살 수 있을까요?

결혼은 해도 후회
안해도 후회할 거면
결혼 하는게 행복이
배로 찾아 올것입니다

✦ 신이어 처방

결혼은 해도 후회, 안 해도 후회. 결혼하는 게 행복이 배로 찾아올 것입니다.

엄마가 자꾸 결혼시키려 해요. 제가 배부른 소리를 하는 걸까요?

결혼은 하고 안하고는
본인의 선택이라고
생각합니다

❖ 신이어 처방

결혼을 하고 안 하고는 본인의 선택이라고 생각합니다.

　　　　　　"몰라, 나도. 연애 박사가 아니니까"

연애가 너무 하고 싶은데 새로운 사람을 만날 기회가 없어요. 어떻게 하면 좋을까요?

연 애라는 게 쉬우면 쉽다하지만

그러면서도 어떤사람을 만나느냐

가 더중요하니까 차분히찾아보세요

✤ **신이어 처방**

연애라는 게 쉬우면 쉽다지만 그러면서도 어떤 사람을 만나느냐가 더 중요하니까 차분히 찾아보세요.

남자 친구가 왜 안 생길까요?

눈 을 딱 뜨고

계속 ~~~~ 찾아라

✣ 신이어 처방

눈을 딱 뜨고 계속 찾아라.

"몰라, 나도. 연애 박사가 아니니까"

24년을 살았는데 남자 친구가 없어요. 제가 문제겠죠?

그래 네가 문제다 예쁘게 잘살 아라

❖ 신이어 처방

그래, 네가 문제다. 예쁘게 잘 살아라.

그것은 착하고 남을
배려 할수 있고
봉사 정신 있는 사람
간단 하게

✤ 신이어 처방

그것은 착하고, 남을 배려할 수 있고, 봉사 정신이 있는 사람. 간단하게.

74   "몰라, 나도. 연애 박사가 아니니까"

어떤 사람이랑 만나야 행복할까요?

착하고 생활력

강하고 이해하고

그런 사람이랑 결혼해요

✛ **신이어 처방**

착하고 생활력 강하고 이해하고. 그런 사람이랑 결혼해요.

어떤 마음이 들 때 결혼해야 할까요?

결혼하고 싶을때 해야지
그래야 잘살수 있다

❖ 신이어 처방

결혼하고 싶을 때 해야지. 그래야 잘 살 수 있다.

"몰라, 나도. 연애 박사가 아니니까"

⋄ 열네 번째 고민

연애 기간이 항상 짧아서 고민이에요. 이번 연애는 오래 갈 수 있을까요? 인성 좋은 사람이라면 쭉 사귀어서 결혼하고 싶습니다!

너가하기 나름이다
잘해 보렴

✦ 신이어 처방

네가 하기 나름이다. 잘해 보렴.

❖ 마지막 고민
이제 곧 결혼하는 예비 신랑이에요. 앞으로 잘 살 수 있도록 응원해 주세요.

혼자 살때랑은 모든 개
틀리니까 잘살라 면
양보하고 많이 참 이해를해
응원 한다 모든 것다
참기 ♡

❖ 신이어 처방
혼자 살 때랑은 모든 게 다르니까 잘 살려면 양보하고 많이 참고 이해를 해.
응원한다. 모든 것 다 참기♡

"몰라, 나도. 연애 박사가 아니니까"

사랑은

쉬운 것 같으 면서도 어려운거지요
요

"희망을 가지고 네가 잘하는
거 찬찬히 살펴봐라"

🌸 첫 번째 고민

제가 뭘 잘하는지, 뭘 좋아하는지 모르겠어요. 앞으로 잘 해낼 수 있겠죠?

지금 나이가 몇 살인지 모르지만 무엇이든 잘 생각을 해봐요 앞으로 사는게 내의지가 없으면 안 되니까 잘 해볼수있는 일을 찾아 봐요 용기 내세요 희망이 있을거예요♡

✤ 신이어 처방

지금 나이가 몇 살인지 모르지만 무엇이든 잘 생각을 해 봐요. 앞으로 사는 게 내 의지가 없으면 안 되니까 잘 해낼 수 있는 일을 찾아봐요. 용기 내세요. 희망이 있을 거예요♡

"희망을 가지고 네가 잘하는 거 찬찬히 살펴봐라"

❋ 두 번째 고민
살면서 제일 재밌는 걸 아직 못 찾았어요. 이대로 못 찾으면 어떡하죠?

옛 스승이나 친구을
자주 만나서 물어 보아라

✤ 신이어 처방
옛 스승이나 친구를 자주 만나서 물어보아라.

세 번째 고민

공부가 너무 하기 싫은데 정신 차리라고 따끔한 한마디 부탁드립니다!

공부 하기 싫은 건 좋은 사람도
있겠지만 나를 위해서 하는
것이니까 나를 위해서라면
내가 좋아하는 것을 찾아
적성에 맞는 것을 해 보는 것도
괜찮을 것 간네요 꼭 공부만
아니라도 기술 쪽으로도
생각해 봐요   ♡

✤ 신이어 처방

공부하기 싫은 건 좋은 사람도 있겠지만 나를 위해서 하는 것이니까 나를 위해서라면 내가 좋아하는 것을 찾아 적성에 맞는 것을 해 보는 것도 괜찮을 것 같네요. 꼭 공부만 아니라도 기술 쪽으로도 생각해 봐요♡

"희망을 가지고 네가 잘하는 거 찬찬히 살펴봐라"

❖ 네 번째 고민

대입을 앞둔 고3입니다. 합격과 불합격이라는 발표 결과에 따라 인생이 바뀐다는 생각에 걱정이 커요. 발표까지 남은 기간을 어떻게 지내면 좋을까요?

고3이면 걱정이 되겠네 하지
만 자신감을 가지고 편한 마음
으로 기다려도 될 것 같네요

좋은 결과가 있을 것 같네요
편한 마음으로 잘 되길
기도 해 줄게요 ♡

✛ 신이어 처방

고3이면 걱정이 되겠네. 하지만 자신감을 가지고 편한 마음으로 기다려도 될 것 같네요. 좋은 결과가 있을 것 같네요. 편한 마음으로 잘되길 기도해 줄게요♡

● 다섯 번째 고민

대학 갈 준비하는 재수생입니다. 부모님께 죄송한 마음을 어떻게 해야 조금이라도 덜 수 있을까요?

부모님 말씀 잘 듣고

공부 열심히 하여라

❖ 신이어 처방

부모님 말씀 잘 듣고, 공부를 열심히 하여라.

"희망을 가지고 네가 잘하는 거 찬찬히 살펴봐라"

20대 후반 여성입니다. 공부를 하고 있는데, 나이와 경제적인 부분 때문에 공부를 그만두고 취업을 해야 하나 고민입니다.

공부하시는 나이는 좀 늦다고
하지만 그래도 공부를 하시는
마음이 중요하네요 하지만
공부를 꼭 하셔야 하면 우선
알바 같은 것도 좋치 **안**을가요
힘 내서 노력 해보세요 ♡

❖ 신이어 처방

공부하는 나이는 좀 늦었지만 그래도 공부를 하는 마음이 중요하네요. 공부를 꼭 해야 한다면 우선 아르바이트 같은 것도 좋지 않을까요. 힘내서 노력해 보세요♡

일곱 번째 고민

제 꿈은 초등학교 교사입니다. 좋은 스승이란 무엇일까요?

항시 정당히
모범 되게
살아야 된다

❖ 신이어 처방

항시 정당히 모범 되게 살아야 된다.

"희망을 가지고 네가 잘하는 거 찬찬히 살펴봐라"

✿ 여덟 번째 고민

간호사가 되었어요. 앞으로 잘 버틸 수 있을지 걱정이에요.

환자를 돌보는 일이 쉽지 않는
일이지만 여러 사람 병 고쳐
주는 일이라고 생도 많지만
보람도 있을지예요 마음
비우고 버티시면 될것갔네요
힘내세요 ♡

✤ 신이어 처방

환자를 돌보는 일이 쉽지 않지만, 여러 사람 병을 고쳐 주는 일이라 고생도 많지만, 보람도 있을 거예요. 마음 비우고 버티시면 될 것 같네요. 힘내세요♡

네 번째 고민 상담　　　　（진로）　　　　**89**

전공에 대한 고민이 있는 대학생입니다. 재밌는 걸 공부해야 할까요, 필요한 걸 공부해야 할까요?

재미는 취미 생활에서 찾아라

✤ 신이어 처방

재미는 취미 생활에서 찾아라.

"희망을 가지고 네가 잘하는 거 찬찬히 살펴봐라"

❖ 열 번째 고민

지금 공부하는 전공이 제 길이 맞는지 잘 모르겠어요. 할머니의 조언이 필요해요!

지금 공부하는 것이무엇인지
모르지만 지금시작 이면
나에 적성에 맏는건지
한번 더 생각해 보고
힘내서 잘해 보세요

❖ 신이어 처방

지금 공부하는 것이 무엇인지 모르지만 지금 시작이면 나의 적성에 맞는 건지 한 번 더 생각해 보고 힘내서 잘해 보세요.

저는 언제쯤 박사가 될 수 있을까요?

지금 나이가 몇살인지모르
지만 언제쯤 이라는건
시간과 노력이랑
인내심 인 것 같네요

❖ 신이어 처방

지금 나이가 몇 살인지 모르지만 언제쯤이라는 건 시간과 노력이랑 인내심에
달린 것 같네요.

"희망을 가지고 네가 잘하는 거 찬찬히 살펴봐라"

❖ 열두 번째 고민

새로운 일을 하고 싶은데 하고 싶은 일이 떠오르지 않아요. 어떻게 찾으면 좋을까요?

무 언 가

만 들 어 라

찾 지 말 들 어

✚ 신이어 처방

무언가 만들어라. 찾지 마라.

◇ 열세 번째 고민

미래가 너무 불안하고 걱정되는데 막상 뭔가를 시도할 의욕이 생기지 않아요. 실패가 두렵고 어차피 안 될 거라고 마음속으로 미리 포기해 버리네요. 정신 차리고 싶어요.

마음을 단단이 먹고

앞을 보고 열심히 살어라.

✚ 신이어 처방

마음을 단단히 먹고 앞을 보고 열심히 살아라.

"희망을 가지고 네가 잘하는 거 찬찬히 살펴봐라"

◦◦ 열네 번째 고민

인생이 너무 힘들어요. 졸업하는 게 왜 이렇게 어려울까요? 하고 싶은 일만
하며 살 순 없을까요?

원래 인생은 그렇단다
사회 나오면 그보다
더 힘들다 힘내라

할머니는 한글도 잘 모른다

✤ 신이어 처방

원래 인생은 그렇단다. 사회 나오면 그보다 더 힘들다. 힘내라. 할머니는 한글
도 잘 모른다.

시험 준비에 예전처럼 집중이 잘 안 돼요. 자리에 앉아 있어도 다른 생각을 하게 되고요. 어떻게 해야 할까요?

시험이란 것은 누구나 긴장하게 되지요

그러나 나의목표니까 신중하게 생각

하고 집중 허 보세요

❖ 신이어 처방

시험이란 누구나 긴장하게 만들지요. 그러나 나의 목표니까 신중하게 생각하고 집중해 보세요.

"희망을 가지고 네가 잘하는 거 찬찬히 살펴봐라"

졸업을 앞둔 대학생인데 뭘 해야 '좋은 삶'을 살 수 있을지 모르겠어요.

뭐 든지 노력 하고
열 심 히 살 아 야
좋 은 삶 이 야

❖ **신이어 처방**

뭐든지 노력하고 열심히 살아야 좋은 삶이야.

하던 일을 그만두고 새로운 직업을 준비하고 있어요. 잘할 수 있을까요?

하던 일을 멈추고 다른 일을
도전하는 용기 대단
자신 감 갖고 도전

✤ **신이어 처방**
하던 일을 멈추고 다른 일에 도전하는 용기 대단. 자신감 가지고 도전.

　　　　　"희망을 가지고 네가 잘하는 거 찬찬히 살펴봐라"

◌ 열여덟 번째 고민

미래가 막연히 걱정될 때 어떤 마음가짐을 가져야 할까요?

희 망을 가지고
네가 잘하는거 찬찬 이
살펴 봐 라
요기를 내 ♡

✤ 신이어 처방

희망을 가지고 네가 잘하는 거 찬찬히 살펴봐라. 용기를 내♡

네 번째 고민 상담   (진로)   99

제가 좋아하는 일을 어떻게 찾을 수 있을까요?

희망을 갓고
운동을 열심히 하여라

❖ **신이어 처방**

희망을 가지고 운동을 열심히 하여라.

"희망을 가지고 네가 잘하는 거 찬찬히 살펴봐라"

좋아하는 일로 먹고살고 싶어요. 방법이 있을까요?

자기가 원하는 것을다 가지고
십으면 자기에 목표가 뚜렸하
게 세워서 성공을 해야겠지요

✚ 신이어 처방

자기가 원하는 것을 다 가지고 싶으면 목표를 뚜렷하게 세워서 성공을 해야겠지요.

지금 하고 있는 일을 평생 할 자신이 없는데 어쩌면 좋을까요?

천가지 직업중 잘선택 해서
같아 타셔도 좋을듯 합니다
꼭 한길을 결정 안하셔도

✤ 신이어 처방

천 가지 직업 중 잘 선택해서 갈아타셔도 좋을 듯합니다. 꼭 한길을 결정 안
하셔도.

"희망을 가지고 네가 잘하는 거 찬찬히 살펴봐라"

❖ 스물두 번째 고민

제가 잘할 수 있는 일이 무엇인지 잘 모르겠어요.

눈을 감고 나의 자신을
돌아보며 자신이 무엇을
좋아 하는지를 알아야 함

✦ 신이어 처방

눈을 감고 자신을 돌아보며 자신이 무엇을 좋아하는지 알아야 함.

앞으로 무슨 일을 할 수 있을지 모르겠어요. 인생의 선배로서 조언 부탁드려요.

직 업을 잘 끄르는것도
평 생에 행복이 될수 있다

✤ 신이어 처방

직업을 잘 고르는 것도 평생의 행복이 될 수 있다.

"희망을 가지고 네가 잘하는 거 찬찬히 살펴봐라"

◌ 마지막 고민

이루고 싶은 꿈을 위해 달리고 있지만 좀처럼 결과가 안 나와요.

아직 때 가 늦을 때 가 있더라
고요 꿈을 위 해 달리다보면 꼭
좋은 날이 오실 겁니다
꿈 이 꼭 이루어 지시길
바 라 겠어요

✤ 신이어 처방

아직 때가 늦을 때가 있더라고요. 꿈을 위해 달리다 보면 꼭 좋은 날이 올 겁
니다. 꿈이 꼭 이루어지길 바라겠어요.

"쓱쓱이가 헤프면 배가 고파
봐야 안다"

◌ 첫 번째 고민

왜 안 모이죠…? 모래인가요…?

안 쓰면 모아진다

✜ 신이어 처방

안 쓰면 모인다.

"씀씀이가 헤프면 배가 고파 봐야 안다"

인간관계에서 돈을 현명하게 사용하는 방법을 알고 싶어요.

장소에 따라서 상대에
따라 쓸데만 쓰고 내가
꼭 해야 할사람한테만
쓰는 것이 좋을 것 같네요

✦ **신이어 처방**

장소에 따라, 상대에 따라 쓸 데만 쓰고 내가 꼭 해야 할 사람한테만 쓰는 것
이 좋을 것 같네요.

없어도 사는 데 지장 없지만 사면 행복할 것 같은 물건이 너무 많아요. 그래서
돈 모으기가 힘든데 어떻게 해야 할까요?

보는 대로 막 사지 말고
꼭 필요한 것만 사라

✤ 신이어 처방

보이는 대로 막 사지 말고 꼭 필요한 것만 사라.

"쓸씀이가 헤프면 배가 고파 봐야 안다"

돈을 너무 아끼며 사는 것 같다는 생각이 들어요. 그래도 아끼는 게 좋을까요? 쓰고 싶은 데엔 팍팍 쓰는 게 좋을까요?

아끼는 것은 좋은 생각이기는한데 때에 따라서 쓸데는써야겠지요 꼭 필요할때만 쓰면서 아끼는것도 좋은것 같네요

✦ **신이어 처방**

아끼는 것은 좋은 생각이기는 한데, 때에 따라서 쓸 데에는 써야겠지요. 꼭 필요할 때만 쓰면서 아끼는 것도 좋을 것 같네요.

30대 중반이 되어 가는데 씀씀이가 너무 커서 모아 둔 돈이 없어요. 소비 습관을 어떻게 고칠 수 있을까요?

씀씀이가 헤프면은
배가 고파보야 알아

✚ **신이어 처방**

씀씀이가 헤프면 배가 고파 봐야 안다.

"씀씀이가 헤프면 배가 고파 봐야 안다"

직장인이 되면 여유롭게 살 줄 알았는데, 돈을 버는 만큼 나가는 돈도 많아져서 힘들어요. 적금을 줄이는 게 좋을지, 미래를 위해 유지하는 게 좋을지 고민이에요.

적금을 조금 줄여
현재에 더 행복 할수
있 도록 하는게 어 ㄸ덜 까요
현재를 행복하게 쓸 ㄸ면 분명
밝은 미래도 올 집니다

✦ **신이어 처방**

적금을 조금 줄여 현재에 더 행복할 수 있도록 하는 게 어떨까요. 현재를 행복하게 살면 분명 밝은 미래도 올 것입니다.

다른 사람들에게 베푸는 것이 돈을 버는 이유라서 그런지 사회생활 5년 차인데도 모아 둔 돈이 없어요. 이제 돈을 모으면서 살고 싶은데 어떻게 해야 할까요?

베푸는 것도 좋지만
목표를 세우고 통장을 하나 만들어라

✦ **신이어 처방**

베푸는 것도 좋지만 목표를 세우고 통장을 하나 만들어라.

"쏨쏨이가 헤프면 배가 고파 봐야 안다"

돈 모으는 재미를 이제 깨달았어요. 하지만 아직도 고정 지출을 제외한 돈을
어떤 비율로 모을지, 사용할지 정하는 게 어려워요.

고정 지출을 제외한 금액
50% 적금 하고
남은 금액은 아껴서
쓰다가 또남은
금액은 저금하면좋겠어요

❖ 신이어 처방

고정 지출을 제외한 금액의 50%는 적금하고, 남은 금액은 아껴서 쓰다가 또
남은 금액은 저금하면 좋겠어요.

스물 두 살인데 아직 모아 둔 돈이 없어요.

아직 나이도 어린데

돈을 걱정하냐

아직 돈벌 시간이 많잖아

✣ **신이어 처방**

아직 나이도 어린데 돈을 걱정하냐. 아직 돈 벌 시간이 많잖아.

"씀씀이가 헤프면 배가 고파 봐야 안다"

❖ 열 번째 고민

나이가 들수록 돈에 대한 욕심이 생기고, 상대적으로 여유 있는 사람들을 부러워하면서 부정적인 감정을 느끼기도 해요. 돈을 생각하는 제 마음이 건강했으면 좋겠어요.

욕심

욕심내야 윈 소용있냐
내가 버는만큼이 처고지

❖ 신이어 처방

욕심내야 무슨 소용이 있냐. 내가 버는 만큼이 최고지.

세상에 돈밖에 좋은 게 없다고 말씀하시는 부모님 때문에 지치고 힘들어요. 꿈을 포기할 정도로 돈만 얘기하시는 부모님이 밉기도 합니다. 정말 돈이 전부인가요?

돈만가지고는 안됀다 집안이편해야지

❖ 신이어 처방

돈만 가지고는 안 된다. 집안이 편해야지.

"씀씀이가 헤프면 배가 고파 봐야 안다"

❖ 열두 번째 고민

돈 벌기 귀찮아요. 의욕이 없어요.

풋 쉬 어 라

✤ 신이어 처방

푹 쉬어라.

사업이 잘될지 걱정이에요.

사업이란 잘 되려면
인간관계가 중요하지
않을가요 남이 인정해주는
사람 알아주는 사람이
되는 것 갔아요

✦ 신이어 처방

사업이 잘되려면 인간관계가 중요하지 않을까요. 남이 인정해 주는 사람, 알아주는 사람이 되어야 하는 것 같아요.

"쏨쏨이가 헤프면 배가 고파 봐야 안다"

재미는 없지만 돈을 많이 주는 직업과 하고 싶은 일이지만 최저 시급을 주는
직업 중 뭐가 더 나을지 고민이에요.

돈도좋지만 어느곳을 가더라도
내가하기에 달린 것 아닌가요
어느 것이 나을지는 본인이 잘
생각 해야 할 것 같네요
너무 욕심 내지 말고 조급하게
하지말고 차분하게 생각해
보세요 건강하세요♡

❖ **신이어 처방**

돈도 좋지만 어느 곳을 가더라도 내가 하기에 달린 것 아닌가요. 어느 것이 나
을지는 본인이 잘 생각해야 할 것 같네요. 너무 욕심 내지 말고 조급하게 하지
말고 차분하게 생각해 보세요. 건강하세요♡

열다섯 번째 고민
돈이 없는데 집을 구해야 해요.

집은 구해야 한다는 것은 누구
나 집 없는 사람에 마음인데 지
금 집구하기가 참 힘드시지만
꾸준이 하다보면 집도 사고
잘 살수도 있을지예요 첫쩨는
건강 해야하고 꾸준한 노력이
겠지요 힘내세요 좋은일 있을겁니다♡

✛ 신이어 처방
집을 구해야 한다는 것은 누구나 집 없는 사람의 마음인데 지금 집 구하기가
참 힘들지만 꾸준히 하다 보면 집도 사고 잘살 수 있을 거예요. 첫째는 건강해
야 하고 꾸준한 노력이겠지요. 힘내세요. 좋은 일 있을 겁니다♡

"쏨쏨이가 헤프면 배가 고파 봐야 안다"

돈을 위한 직업 vs 좋아하는 직업, 너무 고민입니다!

좋아하는거
하면돈많이
벌수있다

✢ 신이어 처방

좋아하는 거 하면 돈 많이 벌 수 있다.

주변 사람들은 내 집 마련과 돈 모으기를 걱정하고 있어요. 저는 걱정하는 척만 하는 것 같아요. 당장 눈앞의 고민이 더 많아서 그런 것 같은데, 너무 대책 없이 사는 걸까요?

니 알아서 해라
나도 집 없다
이래라 저러라
못하겠다

❖ 신이어 처방

네가 알아서 해라. 나도 집 없다. 이래라저래라 못 하겠다.

"씀씀이가 헤프면 배가 고파 봐야 안다"

✤ 열여덟 번째 고민

주식이 내려가요.

주식 은 운이 아
닐 가요

✤ 신이어 처방

주식은 운이 아닐까요.

제가 사는 주식은 폭락하고 제가 안 사는 주식은 상승해서 속상해요.

속상하지만 마음 상하지 ~~짜~~ 마라

건강이 최고다

❖ **신이어 처방**

속상하지만 마음 상하지 마라. 건강이 최고다.

"쓸쓸이가 헤프면 배가 고파 봐야 안다"

◈ 마지막 고민

돈 버는 게 너무 힘들어요.

힘을 나라
젊어서 힘 써라 사랑 한다

✚ 신이어 처방

힘을 내라. 젊어서 힘내라. 사랑한다.

"상사는 투명 인간이다,
취급하세요"

엊그제 첫 출근했어요. 회사에 잘 적응할 수 있을까요?

힘 내 라 힘 내 할 머 니 가 응 원 해

77세 먹은 노인네♡

❖ 신이어 처방

힘내라, 힘내. 할머니가 응원해. 77세 먹은 노인네♡

"상사는 투명 인간이다, 취급하세요"

지금 하는 일에 재능이 없는 것 같아요.

내가 못할 것 같으면

자기가원 하고 자신 잇는것을

찾 아 야 지 요

❖ 신이어 처방

내가 못할 것 같으면 자기가 원하고 자신 있는 것을 찾아야지요.

세 번째 고민

회사에서 하는 일이 전공과 관련된 커리어 개발에 별 도움이 되지 않는 것 같아 고민이에요.

고 민 해 보 고
직 업 을 바 꿔 야 지

✜ 신이어 처방

고민해 보고 직업을 바꿔야지.

"상사는 투명 인간이다, 취급하세요"

✤ 네 번째 고민

현재 삶이 만족스럽지만 새로운 도전을 해 보고 싶어요. 지금의 안정적인 환경을 포기하면서 새로운 것에 도전할 가치가 있을까요?

지 금 은 바꿀 때 가
아 니 야
경 기 좋 아 지 면 해 라

✤ 신이어 처방

지금은 바꿀 때가 아니야. 경기 좋아지면 해라.

10년 동안 일하다 잠시 쉬고 있는데 너무 불안해요.

참 고 견 디 면
반 드 시 해 뜰 날 이
온 다 응 원 한 다

✜ **신이어 처방**

참고 견디면 반드시 해 뜰 날이 온다. 응원한다.

"상사는 투명 인간이다, 취급하세요"

✿ 여섯 번째 고민

지금까지 해 온 일이 재미없게 느껴져요. 재미가 없으니 속도도 나지 않습니다. 이 일을 앞으로도 계속할 수 있을까요?

재미있는일이어딨어
힘들게 다노력해야지

✤ 신이어 처방

재미있는 일이 어디 있어. 힘들게 다 노력해야지.

같이 일하는 사람들이 일을 너무 안 해요. 혼내 주세요!

모 든 일을 할때

사람이 안 보도

내 양심은 속이지

말고 해라

✚ **신이어 처방**

모든 일을 할 때 사람이 안 봐도 내 양심을 속이지 말고 해라.

"상사는 투명 인간이다, 취급하세요"

직장을 그만두고 싶어요. 참는 게 맞을까요? 너무 답답해요.

희망을 갓고 앞을보고

열심히 부모님을 생각

해서 열심히 살아야거

❖ **신이어 처방**

희망을 가지고 앞을 보고 열심히 부모님을 생각해서 열심히 살아야지.

반복되는 일상이 너무 지루해요. 직장을 그만두고 고향에 내려가도 괜찮을까요?

직장에 다니는 분이라면
참는 것도 기르면
노후가 행복!

❖ 신이어 처방
직장에 다니는 분이라면 참는 것도 기르면 노후가 행복!

"상사는 투명 인간이다, 취급하세요"

꼰대 상사는 어떻게 극복해야 할까요?

투명인간 취급하거나
속으로 주문외우세요
상사는 투명 인간이다.
라고 취급하세요.
힘내세요.

✦ 신이어 처방

투명 인간 취급하거나 속으로 주문을 외우세요. '상사는 투명 인간이다.'라고 취급하세요. 힘내세요.

열한 번째 고민

평소에도 눈물이 많은 편인데 취업하고 나서 직장 상사에게 혼나고 회사에서
울까 봐 걱정돼요. 눈물을 잘 참는 방법이 있을까요?

눈물이 많은 건 참 야속한건

나도 겪어서 아는데

무조건 꾹 참는 자세가

필요한 것 같아요 그래도

직장 생활은 해야 하니까

잘 참을 거 예요 ♡

❖ 신이어 처방

눈물이 많은 건 참 야속한 건 나도 겪어서 아는데 무조건 꾹 참는 자세가 필
요한 것 같아요. 그래도 직장 생활은 해야 하니까. 잘 참을 거예요♡

"상사는 투명 인간이다, 취급하세요"

열두 번째 고민

입사한 지 1년도 안 되었는데 이직할까 고민돼요. 어떻게 해야 할까요?

사회에서는 참을줄 아는것도
앞길에 행복

✤ 신이어 처방

사회에서는 참을 줄 아는 것도 앞길에 행복.

업무 중 무슨 일이 들이닥칠지 몰라서 너무 불안해요.

일을할 려고 시작 했으면 어떤
일 이든 해낼 자신 감을 갖고
허 야 지 겁 먹으며 하 면 하
던 일도 안 되 니 까 자 신 감
있 게 하 세 요   힘 내세요

일을 시작했으면 어떤 일이든 해낼 자신감을 가지고 해야지. 겁먹으면 하던 일
도 안 되니까 자신감 있게 하세요. 힘내세요.

"상사는 투명 인간이다, 취급하세요"

얼마 전에 대학을 졸업했고, 첫 출근을 앞둔 상태예요. 첫 사회생활 응원 부탁드려요.

잘 하실 겁니다

첫 출발 힘차게 응은 합니다
멋지게 해내실 겁니다
화이 팅

❖ **신이어 처방**

잘하실 겁니다. 첫 출발 힘차게 응원합니다. 멋지게 해내실 겁니다. 파이팅.

열다섯 번째 고민

이직했는데 일이 재미없어요.

그 래 도 계 속

하세요

❖ **신이어 처방**

그래도 계속하세요.

"상사는 투명 인간이다, 취급하세요"

이직을 해도 후회하지 않을까요?

옮기지 마세요

❖ **신이어 처방**

옮기지 마세요.

사회생활이 어려워요. 어떻게 해야 잘 적응할 수 있을까요?

나의 마음을 비우고 상대방의

좋은 점을 찾고 이해 하면

어떨까요

✤ **신이어 처방**
나의 마음을 비우고 상대방의 좋은 점을 찾고 이해하면 어떨까요.

"상사는 투명 인간이다, 취급하세요"

팀장으로서 막내 직원들을 대하는 게 어려워요. 저는 모두 같은 또래라고 생각했는데 아닌 걸까요?

팀장이라고 팀장티를안내고

마음편이 대허주면 아러사

람도 너무 딱딱하는 짓보

다 마움편이 일할 것 갔네요

✚ **신이어 처방**

팀장 티를 안 내고 마음 편히 대해 주면 아랫사람도 너무 딱딱하게 하는 것보다 마음 편히 일할 것 같네요.

열아홉 번째 고민

새로운 직장에 다닌 지 한 달이 되었어요. 사람들과 일에 빨리 적응하고 싶어요.

시간이 하루를 견디게 하고
그 하루비 시간이 정이란걸
준답니다
마음을 열어 웃으며 잘지내
시면 금방 가족이 될거에요

✛ **신이어 처방**

시간이 하루를 견디게 하고 그 하루의 시간이 정이란 걸 준답니다. 마음을 열어 웃으며 잘 지내면 금방 가족이 될 거예요.

148   "상사는 투명 인간이다, 취급하세요"

한곳에 오래 머무르는 게 좋을까요, 새로운 길을 찾는 게 좋을까요?

자신이 필요한 지라면
참는것이 바람직 한것같
네요 지금보다 나으면 잘
생각 해서 찾아보세요
생각이필요
♡

❖ **신이어 처방**

자신에게 필요하다면 참는 게 바람직한 것 같네요. 지금보다 나으면 잘 생각
해서 찾아보세요. 생각이 필요♡

직장에 다니면서 공부하기가 힘들어요. 어떻게 해야 직장을 다니며 공부할
수 있을까요?

힘들겠 지만 직장 다니면한
다 는 것 은 참 대 단 하네요
그 러 도 힘 든 만큼 꼭 답 이 있
을 지 예 요　도 전 해 보 세 요
꼭 될 겁 니 다　잘 될 거 예 요 ♡

❖ 신이어 처방

힘들겠지만 직장 다니면서 공부한다는 것은 참 대단하네요. 힘든 만큼 꼭 답
이 있을 거예요. 도전해 보세요. 꼭 될 겁니다. 잘될 거예요♡

　　　　　　"상사는 투명 인간이다, 취급하세요"

직장에 적응하기가 쉽지 않아요. 이직은 싫은데, 어떻게 해야 될까요?

직장이란 처음들러 가 면 그런일은
누구나 격는다 생 각 해요
그렀 다고 다른 데 가도 또새로운 괴
로움 다 똑같으니 참다 보면 좋은
일이 있을거예요

✤ 신이어 처방

직장이란 처음 들어가면 그런 일은 누구나 겪는다고 생각해요. 다른 데 가도 또 새로운 괴로움 다 똑같으니 참다 보면 좋은 일이 있을 거예요.

스물세 번째 고민

매일매일 회사 일이 너무 많아요.

힘은 드시겠지만 그래도 지금
일이 없어서 못하는 사람을
생각 하시고 꾸준히 하다 보면
승진하시고 하면 편한 날이
오겠지요 일이 있다는 것만
해도 행복하다고 생각하세요
건강 우선 챙기세요♡

❖ 신이어 처방

힘은 들겠지만 그래도 지금 일이 없어서 못 하는 사람을 생각하고, 꾸준히 하다 보면 승진하고 편한 날이 오겠지요. 일이 있다는 것만 해도 행복하다고 생각하세요. 건강 우선 챙기세요♡

"상사는 투명 인간이다, 취급하세요"

직장 상사가 아무것도 모르고 일만 시켜요! 정신 차리라고 욕 좀 해 주세요.

그래도 상사 는 상사니까

그게 싫으면 내가 얼른 출세

를 해 야 지 욕하면 뭘 해

상사 가 누군 지

모르는분이지만

직 원 배 려 좀 해주세요

✛ 신이어 처방

그래도 상사는 상사니까 그게 싫으면 내가 얼른 출세를 해야지. 욕하면 뭘 해.
상사가 누군지 모르는 분이지만 직원 배려 좀 해 주세요.

무슨 일 인지 모르지만
본인 일은 본인이 알아서
해야 지 남이 할 일은
아닌 것 갔 네요

✚ **신이어 처방**

무슨 일인지 모르지만 본인 일은 본인이 알아서 해야지. 남이 할 일은 아닌 것 같네요.

　　　　　"상사는 투명 인간이다, 취급하세요"

❖ 스물여섯 번째 고민

회사가 싫어요. 계속 다녀야 할까요?

청년 실업으로 직장구하기
힘든 시기에 너무 배부른 소리
아닌가요
회사가 왜 싫은지를 먼저
생각 해보시고 해결책을
찿길 바랍니다. 홧팅 힘내세요.

❖ 신이어 처방

청년 실업으로 직장 구하기 힘든 시기에 너무 배부른 소리 아닌가요. 회사가 왜 싫은지 먼저 생각해 보고 해결책을 찾길 바랍니다. 파이팅. 힘내세요.

성격 더러운 상사 때문에 너무 힘들어요. 이직할까요?

세상에 쉬운 일은 없습니다
인간이 모여 살아 가다 보면
어디서나 이런 사람을
볼수 있다 그러나 참고
무시 하며 묵묵히 나의 길을
가야 한다
나의 목적을 위 하여

❖ 신이어 처방

세상에 쉬운 일은 없습니다. 인간이 모여 살아가다 보면 어디서나 이런 사람을 볼 수 있다. 그러나 참고 무시하며 묵묵히 나의 길을 가야 한다. 나의 목적을 위하여.

"상사는 투명 인간이다, 취급하세요"

스물여덟 번째 고민

회사 다니기 싫은데 특별하게 하고 싶은 일도 없어요. 근데 돈은 벌어야 하고요. 으악! 어떡하죠?

지금 실업자가 얼마나 많은데
회사 다니는게 복이 다

✚ 신이어 처방

지금 실업자가 얼마나 많은데. 회사 다니는 게 복이다.

대리님이 저를 짜증나게 해요. 회사를 때려치울까요?

그런 일도 참을줄 알어야

앞으로 성공이 보인다

✤ **신이어 처방**

그런 일도 참을 줄 알아야 앞으로 성공이 보인다.

"상사는 투명 인간이다, 취급하세요"

지금 하고 있는 직장 생활을 앞으로 30~40년 더 할 수 있을까요?

지금 나이 가 몇살 인지모르
지 만 몸만 건강하고 인정받
는 사람 이라면 얼마 든지
할 수 있 겠지요 좋은일 이 있
으 실 겁 니 다 건 강 하세요

✦ 신이어 처방

지금 나이가 몇 살인지 모르지만 몸만 건강하고 인정받는 사람이라면 얼마든지 할 수 있겠지요. 좋은 일이 있을 겁니다. 건강하세요.

"멋있게 사는 게 멋있게 사는 거지. 일단 살아 봐"

마지막 고민 상담 ——————————————— 삶

✦ **첫 번째 고민**

행복이란 뭘까요?

행복은 마음의서 오는
것이라 생각합니다.
내가 행복해야 그 행복이
찾아 올듯 합니다.
행복을 찾길 바랍니다.

❖ **신이어 처방**

행복은 마음에서 오는 것이라 생각합니다. 내가 행복해야 그 행복이 찾아올
듯합니다. 행복을 찾길 바랍니다.

"멋있게 사는 게 멋있게 사는 거지. 일단 살아 봐"

삶의 불안함에는 언제쯤 적응할 수 있을까요?

삶의 불안함은 마음의 서
오는 겁니다 마음을 가다듬고
마음의 평화부터 찾는게
좋을듯 합니다

❖ **신이어 처방**

삶의 불안함은 마음에서 오는 겁니다. 마음을 가다듬고 마음의 평화부터 찾는 게 좋을 듯합니다.

게으른 저를 위해 시원하게 욕 한번 해 주세요.

남 한 테 왜

욕을먹냐 청찬을 받는

사람이 되어야 지

✚ **신이어 처방**

남한테 왜 욕을 먹냐. 칭찬을 받는 사람이 되어야지.

"멋있게 사는 게 멋있게 사는 거지. 일단 살아 봐"

인간관계에 대한 고민이 너무 커요. 어떻게 하면 좋을까요?

사 람 은 다 똑 같 아 요

고 민 하 지 말 고 본 인 이 상 대 를

잘 파 악 해 서 이 사 람 은 이 렇 게 하 면
되 겠 구 나 하 고 마 음 편 히 상 대 에
말 을 잘 들 어 주 고 이 해 가 필 요

할 것 같 아 요

❖ **신이어 처방**

사람은 다 똑같아요. 고민하지 말고 본인이 상대를 잘 파악해서 '이 사람은 이렇게 하면 되겠구나' 하고 마음 편히 상대의 말을 잘 들어 주고 이해가 필요할 것 같아요.

한 게 없는데 시간이 너무 빨리 가요. 어떻게 해야 할까요?

나는 한개 없는데 벌써 늙었는지
    허무하게 생각됩니다
시간은 어느새 60대는 60cm 달리고 70대는 70cm
달린다는데 그만큼 시간은 무한대로
    지나 가지요.
어떵해요. 당연한 일이라 생각하며
    나만의 커피를 마시면서도
행복 하다는 것을 느끼세요.

❖ 신이어 처방

나는 한 게 없는데 벌써 늙었는지 허무하게 생각됩니다. 시간은 어느새 60대
에는 60km로 달리고 70대에는 70km로 달린다는데 그만큼 시간은 무한대
로 지나가지요. 어떻게 해요. 당연한 일이라 생각하며 나만의 커피를 마시면
서 행복하다는 것을 느끼세요.

"멋있게 사는 게 멋있게 사는 거지. 일단 살아 봐"

자존감이 많이 낮아졌어요. 지금 휴식을 취하는 게 좋을까요, 미래를 향해
빨리 나아가는 게 좋을까요?

마음에 준비가 될때가지 쉬면서

생각을 하는것도좋을것 같네요

될수 있으면 나이 먹기전에하는것이

좋지 않을가요

❖ **신이어 처방**

마음의 준비가 될 때까지 쉬면서 생각을 하는 것도 좋을 것 같네요. 될 수 있
으면 나이 먹기 전에 하는 것이 좋지 않을까요.

힘든 일을 얼마나 거듭해야 마음에 근육이 생길까요? 매번 처음 겪는 것처럼
어렵고 버거워서 고민이 많아요.

누구나 쉬운 일은 없어요 마음을
비우고 즐거운 마음으로 해 다
보면 우선 옆사람들과 친해져
야 의지가 되면서 상의도하면
서 소통이 되는것 같아요

❖ 신이어 처방

누구에게나 쉬운 일은 없어요. 마음을 비우고 즐거운 마음으로 하다 보면 우선
옆 사람들과 친해져야 의지가 되면서 상의도 하면서 소통이 되는 것 같아요.

"멋있게 사는 게 멋있게 사는 거지. 일단 살아 봐"

◈ 여덟 번째 고민

과거의 안 좋았던 일은 다 잊고 내일의 삶을 살고 싶어요. 어떻게 해야 할까요?

지나간 과거를 생각하면
무엇하랴 앞으로 살아갈 날이
많은데 과거 잊고 앞으로
살아 갈날을 생각하며
내가 무엇을 해야 할꼬인지를
먼저 깨닫길 바랍니다
그러면 과거에서 벗어나길
바라며!

✚ 신이어 처방

지나간 과거를 생각하면 무엇 하랴. 앞으로 살아갈 날이 많은데. 과거는 잊고 앞으로 살아갈 날을 생각하며 내가 무엇을 해야 할 것인지를 먼저 깨닫길 바랍니다. 그러면 과거에서 벗어나길 바라며!

침대에서 나오기 너무 힘들어요.

그 대 로 자 라

✛ **신이어 처방**

그대로 자라.

"멋있게 사는 게 멋있게 사는 거지. 일단 살아 봐"

인생은 선택의 연속, 매번 너무 어려워요.

어려운 걸 헤쳐나 가야지

내 인 생을 남이살아 줄순

없 잔아요 쉬운 건 아니지요♡

❖ 신이어 처방
어려운 걸 헤쳐 나가야지. 내 인생을 남이 살아 줄 순 없잖아요. 쉬운 건 아니지요♡

열한 번째 고민

좋은 사람을 어떻게 구별할 수 있나요?

그 사람의 말과
행동을 보면
구별 할수 있다

✤ **신이어 처방**

그 사람의 말과 행동을 보면 구별할 수 있다.

"멋있게 사는 게 멋있게 사는 거지. 일단 살아 봐"

◇ 열두 번째 고민

살을 빼야 되는데 맛있는 걸 포기할 수 없어요. 어떡하죠?

살을 빼고 싶으시면
먹고 싶은 것을 다 먹으면서
하는것은 불가능하고
일주일정도 참다보면
가능은 하더라고요
참고노력이 필요한것 같네요
견디시고 꼭 성공하세요♡

❖ 신이어 처방

살을 빼고 싶으면 먹고 싶은 것을 다 먹으면서 하는 것은 불가능하고 일주일 정도 참다 보면 가능은 하더라고요. 참는 노력이 필요한 것 같네요. 견디고 꼭 성공하세요♡

항상 의지가 부족해요. 행복해지고 싶어요!

의지는 내가 남한테 받으려
하지 말고 마음을 열고 편한
마음으로 무엇이든 어렵게
생각하지 않으면 마음이
편하고 남의 의견을 듣는 것도
조은 점 나쁜 점 듣다 보면
행복한 일도 있으실 거예요♡

✦ 신이어 처방

의지는 내가 남한테 받으려 하지 말고 마음을 열고 편한 마음으로 무엇이든
어렵게 생각하지 않으면 마음이 편하고 남의 의견을 듣는 것도 좋은 점, 나쁜
점 듣다 보면 행복한 일도 있을 거예요♡

"멋있게 사는 게 멋있게 사는 거지. 일단 살아 봐"

행복하게 나이 들고 싶어요. 방법이 있을까요?

행복하게 살려면

1 건강하게 산다

2 마음을 비운다

3 남과 잘 소통한다

✦ **신이어 처방**

행복하게 살려면,

1. 건강하게 산다.

2. 마음을 비운다.

3. 남과 잘 소통한다.

24시간을 더 알차게 보내고 싶은데, 어떻게 해야 할까요?

내가 하고싶은일을

찾아서 계속해야죠♡

❖ **신이어 처방**

내가 하고 싶은 일을 찾아서 계속 해야죠♡

176　　　　　　　　　　"멋있게 사는 게 멋있게 사는 거지. 일단 살아 봐"

❖ 열여섯 번째 고민

나이를 먹을수록 다른 사람들의 시선을 더 의식하게 돼요. 마음가짐을 어떻게 달리해야 할까요?

다른 사람들의 시선을
중요 하지 않아요
모든 자신감이 최고 입니다
화이팅

❖ 신이어 처방

다른 사람들의 시선은 중요하지 않아요. 무엇이든 자신감이 최고입니다. 파이팅.

인생에 있어서 '이것만은 꼭 해 봤으면' 하는 게 있나요?

사 람 이면 누구나
그런 생 각은 다 있지 않을가요
인 생은 니 삶 이니까그런
생각은 누구나 하지만
내 삶 이 니 까 내가 생 각하고
선 택 허서해야 할 것 같네요
용 기 를 니서 잘해봐요 ♡

✤ **신이어 처방**

사람이면 누구나 그런 생각은 다 있지 않을까요. 인생은 내 삶이니까 그런 생
각은 누구나 하지만 내 삶이니까 내가 생각하고 선택해서 해야 할 것 같네요.
용기를 내서 잘해 봐요♡

"멋있게 사는 게 멋있게 사는 거지. 일단 살아 봐"

❖ 열여덟 번째 고민

사람을 만나기도 싫고 안 만나기도 싫어요. 사람을 많이 만나면 스트레스를 받는데, 그렇다고 외톨이가 되기도 싫어요. 어떻게 해야 할까요? 어르신들 경험에서 우러나오는 조언 부탁해요.

굴러 다니는 돌에도 이모양
저 모양이 있답니다 내자신
반성하며 마음을 잘 다스리 며서
상대방의 좋은을 생각 하며
내 자신도 반성해보길

❖ 신이어 처방

굴러다니는 돌에도 이 모양, 저 모양이 있답니다. 내 자신을 반성하며 마음을 잘 다스리면서 상대방의 좋은 면을 생각하며 내 자신도 반성해 보길.

공부 하는 시기 니까 걱정도 많
고 생각도 많겠지만 편안한
마음으로 차분 하게 생각 하면
좋겠네요 힘내세요
노력해 봐요♡

✦ 신이어 처방

공부하는 시기니까 걱정도 많고 생각도 많겠지만 편안한 마음으로 차분하게
생각하면 좋겠네요. 힘내세요. 노력해 봐요♡

"멋있게 사는 게 멋있게 사는 거지. 일단 살아 봐"

인생이 고달파요. 인간관계 부질없어요. 그냥 다 사라졌으면 좋겠고 시간이
절 기다려 주지 않아서 원망스러워요.

지금 몇년생인지 모르나
그래도 나쁜사람보다 좋은
사람이 더 많의 자신을
반성 하며 기다려 주지않는
시간을 즐겁고 행복한
마음으로 지내길 바람

❖ **신이어 처방**

지금 몇 년생인지 모르나 그래도 나쁜 사람보다 좋은 사람이 더 많으니 자신
을 반성하며 기다려 주지 않는 시간을 즐겁고 행복한 마음으로 지내길 바람.

모든 면에서 완벽한 사람이 되고 싶은데, 너무 어려운 일 같기도 해요. 어떤 사람으로 성장해야 나중에 후회가 없을까요?

완벽이라는것은 끝이없는것
같아요 사람이란 욕심이 한이
없으니까 남의의견도 존중할
수 있고 이해하고 배려하고
마음을비우고 긍정적으로
내가 모든것을 양보가 필요한
것 같아요 내가 손해되는것
같아도 그게마음은 편할것
같네요
힘내세요♡

❖ 신이어 처방

완벽이라는 것은 끝이 없는 것 같아요. 사람의 욕심에는 한이 없으니까. 남의 의견도 존중할 수 있고 이해하고 배려하고 마음을 비우고 긍정적으로 내가 모든 것을 양보하는 자세가 필요한 것 같아요. 내가 손해되는 것 같아도 그게 마음은 편할 것 같네요. 힘내세요♡

주변에 좋은 사람들이 많지만 그만큼 저를 힘들게 하는 사람들도 있어요. 어떻게 해야 주변에 저와 맞는 사람들만 남길 수 있을까요?

좋은사람   힘들게 하는사람   있다는 것은   아는 게
다행이네요   그러나   그 두 사람들과   더불어
살아가다 보면   좋은 의도 많이 생긴답니다
삶: 상대의 좋은 점만 보시길

✤ **신이어 처방**

좋은 사람, 힘들게 하는 사람 있다는 것을 아는 게 다행이네요. 그러나 그 두 사람들과 더불어 살아가다 보면 좋은 일도 많이 생긴답니다. 상대의 좋은 점만 보시길.

스물세 번째 고민

인생을 즐겁게 사는 방법에는 무엇이 있을까요?

인생은 즐겁게 살려면
우선 돈이 있어야 겠지요
그러려면 내가 살 수 있는 삶
이 있어야 하고 마음을 편하게
먹고 인간 관계가 좋아야
좋을 것 갔네요 내가 좋아야
남도 나를 좋아 하니까
항상 편한 마음
♡

❖ 신이어 처방

인생을 즐겁게 살려면 우선 돈이 있어야겠지요. 그러려면 내가 살 수 있는 삶이 있어야 하고. 마음을 편하게 먹고 인간관계가 좋아야 할 것 같네요. 내가 좋아야 남도 나를 좋아하니까. 항상 편한 마음♡

"멋있게 사는 게 멋있게 사는 거지. 일단 살아 봐"

멋진 어른이 되고 싶어요!

멋진 어른이 되려면
남의 말도 잘 들어주고
이해를 잘 해야 되고
상대에 말을 인정하면서
받아들려야 합니다

✜ 신이어 처방

멋진 어른이 되려면 남의 말도 잘 들어 주고 이해를 잘해야 되고 상대의 말을
인정하면서 받아들여야 합니다.

사는 게 너무 힘들고 즐거운 일이 없어요.

모든 게 힘든 건 사실이지만
지금은 누구나가 다 힘들다네
요 하지만 내가 살기 위해서는
모든 것을 긍정적으로
생각하고 즐겁게 살려고
마음을 비워야 하는것 같아요
건강하고 노력해 보세요
♡

❖ 신이어 처방

모든 게 힘든 건 사실이지만 지금은 누구나가 다 힘들다고 하네요. 하지만 내가 살기 위해서는 모든 것을 긍정적으로 생각하고 즐겁게 살려고 마음을 비워야 하는 것 같아요. 건강하고 노력해 보세요♡

"멋있게 사는 게 멋있게 사는 거지. 일단 살아 봐"

바쁘지 않게, 여유롭게 살고 싶어요.

> 옛날 말씀이 있는사람을 바라
> 보는 것도 좋지만 나보다 낮은
> 사람을 보고 살으라고 했어요
> 왜냐 잘살고 싶지만 안 되면
> 비관하지 말고 나보다도
> 못 사는사람을 바라보며
> 노력을 해라하시더라고요
> ♡

✤ **신이어 처방**

옛날 말씀이 있는 사람을 바라보는 것도 좋지만 나보다 낮은 사람을 보고 살라고 했어요. 왜냐하면 잘 살고 싶지만 안 되면 비관하지 말고 나보다 못 사는 사람을 바라보며 노력을 하라고 하시더라고요♡

미래에 대한 뚜렷한 계획이 없어요.

계획은 니가세우는거지
남이해주는것은
아니잖아요
내일이니까

♡

❖ **신이어 처방**

계획은 내가 세우는 거지. 남이 해 주는 것은 아니잖아요. 내 일이니까♡

"멋있게 사는 게 멋있게 사는 거지. 일단 살아 봐"

❖ 스물여덟 번째 고민

사는 게 재미없어요. 눈 뜨니까 그냥 살아가는 기분이에요.

그 기분을 잘 되새겨 보세요
내가 왜 이럴까를 생각해보고
좋은 생각 많이하고 앞으로
살아갈 길을 찾아봐요 좋은일
이 반드시 있을 거예요 기왕에
태어났으니까 멋지게
살아 봐야죠 화이팅
♡

✚ 신이어 처방

그 기분을 잘 되새겨 보세요. '내가 왜 이럴까'를 생각해 보고 좋은 생각 많이 하고 앞으로 살아갈 길을 찾아봐요. 좋은 일이 반드시 있을 거예요. 기왕에 태어났으니까 멋지게 살아 봐야죠. 파이팅♡

편하게 살고 싶어서 열심히 노력 중인데 힘든 것 같아요.

장래를 위해서 열심히하고
계신다니 조금 더힘내셔서
하시면 노력에 대까가 있을것
갔네요 그런 생각을 가지고
있으시는 것만 해도 희망이
있을것 갔네요 건강하고
더 힘 내세요 ♡

❖ 신이어 처방
장래를 위해서 열심히 하고 있다니 조금 더 힘내면 노력의 대가가 있을 것 같
네요. 그런 생각을 가지고 있는 것만 해도 희망이 있을 것 같네요. 건강하고
더 힘내세요♡

"멋있게 사는 게 멋있게 사는 거지. 일단 살아 봐"

이해와 공감을 더 잘하려면 어떤 마음가짐이 필요한가요?

나보다 상대의 사정을 살펴서
많은 생각과 말은 들어주고
상대에게 상처주는 말이나 행동은
조심하며 상대에게서 공감대는 함께 느끼고
이해하려고 노력하고 항상
따뜻한 마음을 꽉 갖도록 한다
그러므로 나도
인정 받게 됩니다.

✚ 신이어 처방

나보다 상대의 사정을 살펴서 많은 생각과 말을 들어 주고 상대에게 상처 주는 말이나 행동을 조심하며 상대에게서 공감대를 함께 느끼고 이해하려고 노력하고 항상 따뜻한 마음을 갖도록 한다. 그러므로 나도 인정받게 됩니다.

항상 밝지 않아도 괜찮을까요?

항 상 밝 아 야 지
그 래 야 재 미 있 지

✤ 신이어 처방

항상 밝아야지. 그래야 재미있지.

"멋있게 사는 게 멋있게 사는 거지. 일단 살아 봐"

소중한 꿈, 이룰 수 있을까요?

이뤄 야 지
젊 잖 애

❖ **신이어 처방**

이뤄야지. 젊잖아.

매사에 걱정이 많아 뭘 하기가 두려울 때가 있어요. 어떻게 해야 할까요?

두 려 워 하 지 말 마 야 지
힘 내 라

❖ 신이어 처방

두려워하지 말아야지. 힘내라.

"멋있게 사는 게 멋있게 사는 거지. 일단 살아 봐"

해야 되는데 하고 싶지 않아요. 어떻게 해야 될까요?

그 러 게
나 도 모르건네
나 도 그레

✚ **신이어 처방**

그러게. 나도 모르겠네. 나도 그래.

앞으로 도전해 보고 싶은 일이 정말 많은데 이룰 수 없는 것들이 늘어나요.
응원이 필요해요.

응원 한다
힘 내라

✤ **신이어 처방**

응원한다. 힘내라.

"멋있게 사는 게 멋있게 사는 거지. 일단 살아 봐"

◈ 서른여섯 번째 고민

하고 싶은 게 많은데, 지금 잘하고 있는 건지 모르겠어요. 잘하고 있는 거겠죠?

그럼

✤ 신이어 처방

그럼.

이상과 현실 사이가 점점 멀어져요. 그 중간을 잡을 수 있는 방법이 있을까요?

마음을
중간에두라

✦ **신이어 처방**

마음을 중간에 두라.

"멋있게 사는 게 멋있게 사는 거지. 일단 살아 봐"

잘하고 있는 건지 확신이 없어요. 더 해야 할 것 같고 마음도 불안하고.

불안 함은   내마음에 안정이
흔들 리기 때문 이 에요
지금 무엇을   하던 잘하고
계신 겁니다

❖ 신이어 처방

불안함은 내 마음의 안정이 흔들리기 때문이에요. 지금 무엇을 하든 잘하고
계신 겁니다.

걱정만 하면서 시작하지 못하는 2030 청춘들에게 한마디 해 주세요.

20대엔   하고 싶은거   놀고싶은거
반항   철 없는것   다하세요

그리고 30대   때에는   예쁜가정
이루어   행복 하게   사네요.

✚ 신이어 처방

20대엔 하고 싶은 거, 놀고 싶은 거, 반항, 철없는 것 다 하세요. 그리고 30대 때에는 예쁜 가정 이루어 행복하게 사세요.

"멋있게 사는 게 멋있게 사는 거지. 일단 살아 봐"

❖ 마흔 번째 고민

사는 게 서러울 땐 어떻게 해야 할까요?

친구와 이야기 많이 하세요
그 생활에서 벗어 나려
발버둥 치지 마시고 어려우면
즐기세요 내려 놓으며 버리며
그 렇게 강해 지세요 힘내여

❖ 신이어 처방

친구와 이야기 많이 하세요. 그 생활에서 벗어나려 발버둥 치지 마시고 어려
우면 즐기세요. 내려놓으며 버리며 그렇게 강해지세요. 힘내요.

미래가 걱정되어요. 어른이 되어도 행복할 수 있을까요?

50대가 되어도 미래가
보장이된다는 어렵메요
진심 인생에는 답이 없답니다
예쁘게 사세요
그러면 행복은 항상
따라 다닐거에요

✦ 신이어 처방

50대가 되어도 미래가 보장이 되기는 어렵네요. 진심 인생에는 답이 없답니다. 예쁘게 사세요. 그러면 행복은 항상 따라다닐 거예요.

"멋있게 사는 게 멋있게 사는 거지. 일단 살아 봐"

❖ 마흔두 번째 고민

20대에게는 뭐가 제일 중요할까요?

친구가 가장 중요합니다
어떤 친구를 만나냐에 따라
미래가 달라 집니다

✤ 신이어 처방

친구가 가장 중요합니다. 어떤 친구를 만나느냐에 따라 미래가 달라집니다.

안이요　누구나　　지나고　나면
후회되고　아쉽고　그때　이럴걸
그런데요　잘이겨내고　잘하실수
있어요　긍정을　추천합니다

❖ **신이어 처방**

아니요. 누구나 지나고 나면 후회되고 아쉽고 '그때 이럴 걸' 그런다고 해요.
잘 이겨 내고 잘하실 수 있어요. 긍정을 추천합니다.

　　　　"멋있게 사는 게 멋있게 사는 거지. 일단 살아 봐"

◈ 마흔네 번째 고민

학교 숙제가 너무 많아요. 숙제하기 싫을 땐 어쩌죠?

열 심 히 해 야
장 래 큰 일 꾼 이 된 다

✦ 신이어 처방

열심히 해야 장래에 큰 일꾼이 된다.

사는 게 재미없어요. 어떻게 하면 재밌게 살 수 있을까요?

사는것 나도 힘들고 재미없어요 그러나
산다보니 그래도 세상은 재미나고
살만 하더군요. 하늘 한번 쳐다 보고
먼산 한번 바라봐도
느낌이 닿으며 혼자도 행복 할수 있고
따라서 재미 있는 세상은 만날수 있습니다
친구와 사이좋게 지내요.

❖ 신이어 처방

사는 것, 나도 힘들고 재미없어요. 그러나 살다 보니 그래도 세상은 재미나고 살 만하더군요. 하늘 한번 쳐다보고 먼 산 한번 바라봐도 느낌이 닿으며 혼자 도 행복할 수 있고 따라서 재미있는 세상을 만날 수 있습니다. 친구와 사이좋 게 지내세요.

"멋있게 사는 게 멋있게 사는 거지. 일단 살아 봐"

열심히 살다 보면 어느 순간 무기력해져요. 이럴 땐 어떻게 마음을 먹을까요?

우리가 사는 세상은 쉽지 않습니다
나만 힘들고 외로운것이 아니랍니다
경쟁하는 세상과 내가 싸워 나갈때
순간 무기력 하게 무너질수 있습니다
그땐 쉬어 간다는 마음으로 다 내려놓고
편하게 쉬세요.
그 다음 천천히
다시 세상속으로 걸어 가세요.

✤ **신이어 처방**

우리가 사는 세상은 쉽지 않습니다. 나만 힘들고 외로운 것이 아니랍니다. 경쟁하는 세상과 내가 싸워 나갈 때 순간 무기력하게 무너질 수 있습니다. 그땐 쉬어 간다는 마음으로 다 내려놓고 편하게 쉬세요. 그 다음 천천히 다시 세상 속으로 걸어가세요.

마흔일곱 번째 고민

매일매일 신나는 일이 생기면 좋겠어요. 뭘 해야 할까요?

매일 매일 신나는 일이 어디 흔하겠어요.
친구와 수다 떨다 보면 즐겁고 재미있더군요.
그리고 시간 내어 복지관 같은데 노래 교실도
가봐요. 운동도 좋지요.
그러다 보면 스스로 더좋은
재미나는 기회도 찾아온거예요.

❖ 신이어 처방

매일매일 신나는 일이 어디 흔하겠어요. 친구와 수다 떨다 보면 즐겁고 재미있더군요. 그리고 시간 내어 복지관 같은 데 노래 교실도 가 봐요. 운동도 좋지요. 그러다 보면 더 재미나는 기회도 찾아올 거예요.

"멋있게 사는 게 멋있게 사는 거지. 일단 살아 봐"

❖ 마흔여덟 번째 고민

매사에 고민과 걱정이 많은 게 고민입니다.

생각이 많으면 고민이 많지요
고민이 해결 안 되면 걱정이 커져요
생각은 줄이세요 조금만 비우세요
머리가 맑아야 희망이 보여요

❖ 신이어 처방

생각이 많으면 고민이 많지요. 고민이 해결 안 되면 걱정이 커져요. 생각을 줄이세요. 조금만 비우세요. 머리가 맑아야 희망이 보여요.

하루하루가 너무 똑같아서 재미없어요. 하루를 어떻게 하면 재미있게 보낼
수 있을까요?

누구 나 하는일은 반 복이 많지만

그 중 시간이 되 면 다른 일을찾아서

도전 하 는것도 좋게 지 요

취 미 생활을 하 나해 보세요

❖ 신이어 처방

누구나 하는 일은 반복이 많지만 그중 시간이 되면 다른 일을 찾아서 도전하
는 것도 좋겠지요. 취미 생활을 하나 해 보세요.

"멋있게 사는 게 멋있게 사는 거지. 일단 살아 봐"

독립하고 싶은데 할 수 있을까요? 해도 될까요?

자립이   가능 하다면

알바등 해서   경제 적시 라면

미성년 이시면

잠시   보류 하세요

❖ 신이어 처방

자립이 가능하다면, 알바 등을 해서 경제적이라면. 미성년이면 잠시 보류하세요.

시간이 많을 때 무엇을 하나요?

시간이 많아서 고민이면
본인 취향에 맞춰서 무엇이든
일거리를 만들어서 해보는것도
좋을것 같네요 하고싶은 것을
찾아서 남은 시간 보내세요

✤ 신이어 처방

시간이 많아서 고민이라면 본인 취향에 맞춰 무엇이든 일거리를 만들어 해 보는 것도 좋을 것 같네요. 하고 싶은 것을 찾아서 남은 시간을 보내세요.

"멋있게 사는 게 멋있게 사는 거지. 일단 살아 봐"

⟡ 쉰두 번째 고민

하고 싶은 건 많은데 몸이 안 따라 줘서 속상해요.

한 가 지 만
선 택 하 세 요 ♡

✛ 신이어 처방

한 가지만 선택하세요♡

긴 인생, 앞으로 어떻게 살아야 후회 없이 살았다고 할까요?

나도 답 모른다
노력 해라
인생은 짫고
예술은 길다

◆ 신이어 처방
나도 답 모른다. 노력해라. 인생은 짧고 예술은 길다.

"멋있게 사는 게 멋있게 사는 거지. 일단 살아 봐"

스스로의 지난 모습들이 용서가 되지 않을 때, 어떻게 하면 좋을까요?

무슨 잘못인지 오르나
지난 것은 잊고 오는 시간은
잘 지내길   좋은생각 많이
하시길   자신감 ?

❖ **신이어 처방**

무슨 잘못인지 모르나 지난 것은 잊고 오는 시간을 잘 지내길. 좋은 생각 많이 하시길. 자신감!

스스로가 아직도 너무 어린 것 같은데, 험난한 세상 잘 살아갈 수 있겠죠?

어린 나이에 무엇은 느꼈는지 모르나
나에게 닥아오는 시간은 좋은일 즐겁고
행복한 일이더 많으니 자신은 갖고
열심히 살아가길 용기와 힘은 내길

✤ 신이어 처방

어린 나이에 무엇을 느꼈는지 모르나 나에게 다가오는 시간은 좋은 일, 즐겁
고 행복한 일이 더 많으니 자신을 가지고 열심히 살아가길. 용기와 힘을 내길.

"멋있게 사는 게 멋있게 사는 거지. 일단 살아 봐"

하고 싶은 건 너무 많고, 시간은 너무 빨라요. 매 순간 시간이 아깝고 잘 살고 있는 건지 모르겠어요. 욕심이 많아서 항상 만족이 안 돼요.

욕심을 주리고
네가 잘할수있는 특기를 살려
생각 해 보렴   생각이 많은건

좋은   거지   ♡

✦ 신이어 처방

욕심을 줄이고 네가 잘할 수 있는 특기를 살려 생각해 보렴. 생각이 많은 건 좋은 거지♡

불안한 것들이 너무 많아요. 어떻게 하면 편안해져요?

쓸데 없는 생각 말고

좋은 생각만 하면

편안 할것 같으 다

✦ 신이어 처방
쓸 데 없는 생각 말고 좋은 생각만 하면 편안할 것 같다.

"멋있게 사는 게 멋있게 사는 거지. 일단 살아 봐"

이러지도 저러지도 못할 때 어떻게 해야 하나요?

그건 나도 모르 겠다
나도 그럴 때 가 많다

같이 생각 해 보자

무슨 일 이길래

힘내렴　♡

✛ **신이어 처방**

그건 나도 모르겠다. 나도 그럴 때가 많다. 같이 생각해 보자. 무슨 일이기에.

힘내렴♡

잘하고 싶다는 강박을 내려놓고 싶은데 방법을 잘 모르겠어요.

너무 잘하려 하지 말고
강박을 내려 놓고
적당히 생각해라
너무 생각 많이 하지 마

할머니 응원

❖ 신이어 처방

너무 잘하려 하지 말고 강박을 내려놓고 적당히 생각해라. 생각 너무 많이 하지 마. 할머니 응원.

　　　　　"멋있게 사는 게 멋있게 사는 거지. 일단 살아 봐"

평생 게으르게 살고 싶어요.

인생 살면 얼마나
산다고 행복하게 오래
오래 살아 야지

❖ 신이어 처방

인생 살면 얼마나 산다고 행복하게 오래오래 살아야지.

사는 게 재미없고 무기력할 때는 어떻게 해야 할까요?

친구들하고 자주 만나라

◈ 신이어 처방

친구들하고 자주 만나라.

"멋있게 사는 게 멋있게 사는 거지. 일단 살아 봐"

❖ 예순두 번째 고민

요즘 뭐 하고 살아야 할지 모르겠어요.

어머니 에게 물어 보아라

❖ 신이어 처방

어머니에게 물어보아라.

고민이 너무 많은 게 고민이에요.

고민도　조은　고민으로

돌여　　보세요

❖ 신이어 처방
고민도 좋은 고민으로 돌려 보세요.

　　　　　"멋있게 사는 게 멋있게 사는 거지. 일단 살아 봐"

군 복무 중인 군인이에요. 일과를 마치고 무엇을 해야 하루를 의미 있게 마무리할 수 있을까요?

오늘 수고했네요.

내일을 위하여 몸과 마음

다스리며 휴식하길.

❖ 신이어 처방

오늘 수고했네요. 내일을 위하여 몸과 마음 다스리며 휴식하길.

도대체 어떻게 해야 오래도록 행복하게 살 수 있을까요?

계속 전지해서
행복을 찾아라

❖ 신이어 처방

계속 전진해서 행복을 찾아라.

"멋있게 사는 게 멋있게 사는 거지. 일단 살아 봐"

❖ 마지막 고민

어떻게 해야 멋진 삶을 살 수 있을까요?

멋 있 게 사 는 게
멋 있 게 사 는 거 지
일 단 살 아 봐

❖ 신이어 처방

멋있게 사는 게 멋있게 사는 거지. 일단 살아 봐.

일단 살아 봐,
인생은 내 것이니까

초판 1쇄 발행 2022년 10월 2일
3쇄 발행 2024년 3월 20일

지은이 11명의 신이어들
펴낸이 이광재

책임편집 구본영
디자인 이창주
마케팅 정가현 　　**영업** 성현서, 허남

펴낸곳 카멜북스 　**출판등록** 제311-2012-000068호
주소 서울특별시 마포구 양화로12길 26 지월드빌딩 (서교동 395-7) 3층
전화 02-3144-7113 　**팩스** 02-6442-8610 　**이메일** camelbook@naver.com
홈페이지 www.camelbooks.co.kr 　**페이스북** www.facebook.com/camelbooks
인스타그램 www.instagram.com/camelbook

ISBN 979-11-978959-8-2(03810)